ESPERANDO

KEVIN HENKES

Traducción de Teresa Mlawer

Editorial EJ Juventud

Provença, 101 – 08029 Barcelona

Título original: WAITING   © GREENWILLOW BOOKS, un sello de Harper Collins Publishers   © de la traducción española: EDITORIAL JUVENTUD, S. A., c/Provença, 101 - 08029 Barcelona   info@editorialjuventud.es   www.editorialjuventud.es Traducción: Teresa Mlawer Primera edición, 2016 ISBN 978-84-261-4398-3 DL B 19.421-2016 Número de edición de E.J.: 13.308 *Printed in Spain* - Impreso por Grafilur, Avda. Cervantes, 51, 48970 Basauri (Bizkaia)

Editorial Juventud

A Paul y Ruiko

Eran cinco.

Y todos parecían esperar algo.

La lechuza jaspeada esperaba la luna.

La cerdita del paraguas esperaba la lluvia.

El osito de la cometa esperaba el viento.

El cachorrito en el trineo esperaba la nieve.

El conejo de estrellas
no esperaba nada en particular.
Simplemente le gustaba mirar a través
de la ventana y esperar.

Cuando la luna salió,
la lechuza se sintió feliz.
Era algo que ocurría
frecuentemente.

Cuando la lluvia comenzó
a caer, la cerdita se sintió
feliz. El paraguas no dejaba
que se mojara.

Cuando el viento
comenzó a soplar,
el osito se sintió feliz.
La cometa voló alto y lejos.

Cuando finalmente
comenzó a nevar,
el cachorrito se sintió feliz.
Había estado esperando
mucho tiempo.

El conejo se sentía feliz
con solo mirar a través de la ventana.

A veces, alguno que otro se iba

pero siempre regresaba.

A veces, todos dormían.

Pero casi siempre esperaban.

A veces, aparecían regalos.

En una ocasión, llegó un visitante desde muy lejos.

Se quedó por un tiempo;

luego
se
fue
y
nunca más
volvió.

Veían cosas maravillosas y sorprendentes . . .

Y, desde luego,
siempre podían
contar con
la luna
y la lluvia
y el viento
y la nieve
para sentirse felices.

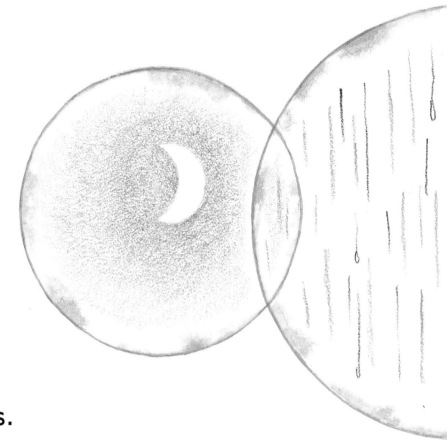

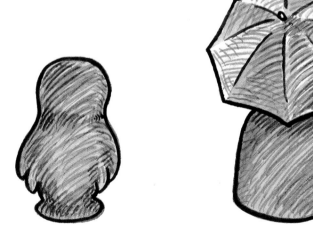

Un día, una gata moteada se unió a ellos.

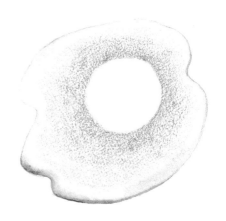

¿Esperaba la luna?

No.

¿Esperaba la lluvia?

No.

¿Esperaba el viento?

No.

¿Esperaba la nieve?

No.

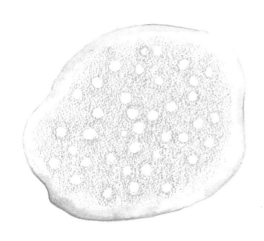

No parecía que estuviera esperando
nada en particular . . .

¡Pero sí que esperaba!

Ahora eran diez.

Y juntos eran felices,

esperando ver qué sucedería después.

5